안녕, 오타 벵가

박제영 시집

안녕, 오타 벵가

달아실기획시집
16

달아실

시인의 말

비굴[卑屈]
자기 검열의 벽에 막혀서, 한 줄의 시도 쓰지 못하고 있는, 어떤 치열한 시인을 생각하면서, 가까스로 비굴을 견디는 중이다.

비참[悲慘]
천 길 벼랑에서 뛰어내리고 있는, 막다른 철벽을 맨몸으로 부수고 있는, 어떤 처연한 삶을 생각하면서, 가까스로 비참을 견디는 중이다.

사기[詐欺]
마침내 붕괴될 집을 또 한 채 지어놓고, 튼튼하다며 세상에 없던 집이라며 당신에게 교묘한 분양 선전 찌라시를 보내는 중이다.

2021년 9월
박제영

차례

안녕, 오타 벵가

4부. 사랑이 독이라면 기꺼이 그 독을 마시라

1부

장돌뱅이 우리 할매
술만 자시면 들려주던
옛날이야기

백여시 간나

옵빠 옵빠아~
그놈의 옵빠 소리 때문이었니라

매창이도 울고 가고
황진이도 쌈 싸먹을 백여시 간나
옵빠 옵빠~ 그럼시롱
아흔아홉 개 꼬랭이 흔드는디
배길 재간 있간
그 간나 옵빠 소리에 그니가
니 할배가 홀리도 엥간히 홀린기라

니도 단디해야 하니라
애편네라고 히피보믄 쫌팽인기라
조강지처 홀대하면 짐생인기라

옵빠는 풍각쟁이야~
옵빠는 심술쟁이야~

하긴 니 할배 뭐라키도 어렵지

여자인 내가 들어도
얼매나 간드러졌는지 모르니라

그 간나 백여시
입때껏 살아 있기는 하나 모리겠다

혼자만 착하믄 뭐하노

착하다 사람 좋다
그기 다 욕인 기라
사람 알로 보고 하는 말인 기라
겉으로는 사람 좋다 착하다 하믄서
속으로는 저 축구芻狗* 저 등신 그러는 기다
우리 강생이 등신이 뭔 줄 아나
제사 때 쓰고 버리는 짚강생이가 바로 등신인 기라
사람 축에도 못 끼고 귀신 축에도 못 끼는
니 할배가 그런 등신이었니라
천하제일로 착한 등신이었니라
세상에 두억시니가 천지삐까린데
지 혼자 착하믄 뭐하노
니는 그리 물러 터지믄 안 되니라
사람 구실을 하려믄 자고로 모질고 독해야 하니라
길게 말할 게 뭐 있노
우리 강생이 그저 할배랑 반대로만 살믄 되니라
하모 그라믄 되니라!

14

* 할머니가 입버릇처럼 뱉던 말 "축구 등신"이 실은 노자(老子)가 얘기한 추구
(芻狗, 짚강아지)라는 걸 대학 가서야 알았다. "천지(天地)는 인(仁)이 없으니
세상 만물을 추구같이 여긴다(天地不仁 以萬物而爲芻狗)."

아라리

전국 방방곡곡 안 댕긴 장이 없니라
바다 건너 제주장 빼곤 다 가봤니라
이 할미 광주리에 안 담아본 게 없니라
글카다 정선장에서 그마 그니를 만난기라

아라리가 뭔 줄 아나
창자가 열두 번 끊어졌다 속에 암 것도 없을 때
그런 담에야 나오는 소리니라
삼십 년 이슬 맞으며 하늘을 이불 삼아봐야 나오는 기라

조용필이 조영남이 그긴 소리도 아니니라
장날 젓쟁이 엿장수 각설이도 그보단 낫니라
그니가 아라리 아라리 한번 뽑으면
지나던 개도 애간장이 녹았니라 하모!

16

어림 반 푼

요샛것덜은 너무 박혀
에누릿속이 손톱맹큼도 없으니
그리 빡빡하니 셈하면
숨이 맥혀서 워찌 살간디
세상이 어쩌코롬 될려나 몰러
할미가 어찌 먹고 산 줄 아나
니 어림 반 푼이 뭔지 아나
장똘뱅이들은 말이다
어림 반 푼 인심으로
그러코롬 나누며 산 기라
사람 사는 기 서로 에누리하며 사는 기지
그렇게 숨통 티면서 사는 기지
어림 반 푼도 없으면
그게 어디 사람 사는 기가
니는 그러믄 안 된다

복은 받는 기 아니다

할머니 복 받으세요
새해 복 많이 받으세요

우리 이쁜 강생이 우야노
이 할미 평생 복은커녕 죄만 지었니라
할미 말 단디 들어야 한데이
복은 받는 기 아니다 짓는 기다
복도 죄도 받는 기 아니라 짓는 기다
할미맹키로 죄 짓지 말고 니는 복을 지어야 한데이
할미는 평생 죄만 지었니라
니 에미 그 어린 걸 쌀 서가마에 팔았고
니 아재 아즉 남은 목숨줄을 내 손으로 끊었니라
살겠다꼬 나 살겠다꼬 그리했니라
사는 일이 온통 죄 짓는 일이었니라
할미는 죽어서 불지옥에 갈 기다 암만
우리 강생이 와 우노 울지 말그레이
불지옥 간다캐도 할미는 괘안타
불지옥 간다캐도 장만 선다면 이 할미 괘안타

우금치

그때는 다 동학이었네라
누구라 할 것도 없네라
왕과 양반들 친일 모리배들 빼곤 죄다
남자고 여자고 애고 어른이고
조선 사람이믄 죄다 동학이었네라
저 무너미 고개 넘어 곰나루 돌아
우금치에서 다 죽었네라
몽둥이 들고 죽창 들고
왜놈들 신식총과 맞섰으니
계란으로 바위를 치는 격이었네라
우금치 마루는 시체로 하얗게 덮였고
시엿골 개천은 아흐레 동안 핏물이 콸콸 흘렀네라
준자 봉자 최준봉
녹두장군 뫼셨던 할배도 게서 죽었네라
니는 우금치가 낳은 씨알이네라
우금치를 잊으면 사람이 아니네라

보릿고개

하모! 질다질다 황천길보다 질었네라
감꽃 폈다 지믄 느그 할배 져다 묻고
소쩍새 울다 그치믄 느그 아재 져다 묻고
마카 묻고는 재우 보릿고개 늠었네라

보릿고개 재우 넘기니 하마 한생이 갔네라
저승고개가 떡 하니 코앞이네라
저 한 고개만 늠으면 됐니라
감꽃 한 번만 더 피믄 이제 됐니라

환장

니 아나 자석 죽으믄 언다 묻는 줄 아나
느그 아재를 이 할매가 언다 묻은 줄 아나
어미 뱃속에 묻는 기다 할매 뱃속에 묻었네라
자석 앞세우믄 그래서 환장허는 거네라

뱃속에서 자석이 썩어가는데 창자가 남아나겠노
자석이 뒤집어논 오장육부가 우찌 말짱하겠노
느그 아재 그 잡것이 여즉도 지랄하니 환장허니라
할매는 환장헌 년이네라 뱃속에 난장이 섰네라

만주

만주 땅이 얼매나 먼지 아나
열여덟에 그니를 따라나설 적엔
가심이 얼매나 뛰던지
북망산도 가자면 갔을라나
천릿길이 오릿길도 안 됐니라

만주 땅이 얼매나 먼지 아나
만주서 배따시게 해주겠다던 말
다 거짓부렁이었니라
얼어죽을 나랏일! 무슨 혁명을 하겠다고
어린 색시와 세 살배기 딸만 남겨놓고
북망산으로 즈그 혼자 홀쩍 가버렸니라

만주 땅이 얼매나 먼지 아나
세 살배기 업고 넘는 거먹뫼는 얼매나 높던지
세 살배기 업고 건너는 압록강은 얼매나 깊던지
세 살배기 느그 어매 아니었으면
첩첩 뫼를 우예 넘었을깐
굽이굽이 시커먼 강을 우예 건넜을깐
〉

만주 땅이 얼매나 먼지 아나
니도 사내라꼬 혁명한다 할끼가
큰일 하겠다고 처자슥 버리믄
사내는커녕 지랭이보다 못한기라
할미 말 맹심 또 맹심해야 한데이

가는 날이 장날

장똘뱅이들은 본디 집도 고향도 없느라
이 장에서 사흘 살고 저 장에서 닷새 살고
평생을 번지 없이 살았느라
그리 한생이 갔느라
아라리 고갯길이 뭔 줄 아나
애시당초 길이 아니었네라
장똘뱅이들이 수수백 년 밟아 맹근 길이네라
그니들이 아라리 부르며 넘다 눕다 생긴 고갯길
그기 아라리 고개니라
신식길이 나기 전엔 말이다
엔간한 고갯길은 다 그니들이 맹근기라
방방곡곡 고개란 고개는 다 아라리 고개였느라
우리 강생이 북망고개가 뭔 줄 아나
이 할미가 넘을 마지막 아라리 고개니라
평생 떠돌다 이제 재우 번지 찾아 넘는 것이니
할미는 원도 한도 없느라
가는 날이 장날인데
장똘뱅이가 무얼 더 바라겠노

2부

에라 만득아, 에라 구신아

가리봉동 58년 개띠 가만덕 씨

귀신은 뭐 하나 몰라 아직도 당신을 안 잡아가고
에라 만득아

비는 구질구질 내리는데, 밥 좀 먹자는데, 아침부터 밥
상머리에서 긁어대는 아내의 바가지, 물론 그냥 참고만
있을 가만덕 씨가 아니다

구신 씨나락 까먹는 소리 언제까지 할 건데
에라 구신아

우당탕 만득아
와장창 구신아
가리봉동 산2번지 반지하방은 오늘도 난리법석 난장이
었다

만덕이 니는 우리 가씨 집안 장손이니 너만은 공부해
야 한데이, 소 팔고 논 판 돈으로 가만덕 씨가 서울의 모
대학교를 들어갔을 때, 고향 당진에서는 개천에서 용 났
다며 플래카드도 걸고 그랬다는데, 중견 기업에 취직해서

부장까지 승진하고, 첫눈에 반한 마귀순 씨랑 결혼해서 아들딸 낳고, 나름 탄탄대로 승승장구의 길을 걷기도 했다는데,

가리봉동 산2번지 두 칸짜리 반지하방에 사는 58년 개띠 가만덕 씨는 어쩌다가 이 모양 이 꼴이 된 걸까

주인집 할머니가 내려와 말려도 보지만, 난장은 그칠 줄 모르고, 장맛비도 그칠 줄 모르고

만득아, 만득아
또 어떤 처녀귀신이 만득일 부르나
만득이 없다

가리봉동 61년 소띠 마귀순 씨

아줌마, 8번에 갈비 2인분 추가요!
아줌마, 뭐해 9번에 냉면 네 그릇이요!
아줌마, 빨리 좀 닦아요 퇴근 안 할 거예요?

그놈의 아줌마 소리, 귀에 딱지가 앉을 지경이 되어서야
야간 식당 일을 겨우 끝낸 귀순 씨
현관문을 열기 무섭게
배고파 밥 줘
남편은 오늘도 밥 타령이다

여편네가 귀꾸녕이 막혔나
밥 좀 달라니까

에라 화상아
에라 만득아
차라리 귀신이나 되어서
저 만득일 잡아묵을까 싶다가도
불쌍한 저 만득이 내 없으면 또 어찌 살까 싶은 것이니
〉

여자가 공부하면 팔자가 드센 법이다 귀순이 니는 대학 같은 건 꿈도 꾸지 말고 그저 남동생들 뒷바라지만 잘하면 된다 쫄딱 망해먹은 아버지, 망할 놈의 유언, 그래도 아버지는 아버지요 유언은 유언이라, 일찌감치 대학 포기하고 여상을 졸업한 마귀순 씨 은행에 취업해서 가장 노릇하며 남동생들 대학까지 보냈는데, 싫다 해도 너 없인 못 산다며 일 년을 쫓아다닌 그 뚝심에, 탄탄한 중견 기업의 대리에, 이만하면 되었다 싶어 가만덕 씨랑 결혼해서 아들딸 낳고, 삼십여 년 아무 탈 없이 잘 살았다는데,

가리봉동 소갈빗집에서 불판을 닦고 있는 61년 소띠 마귀순 씨는 어쩌다가 이 모양 이 꼴이 된 걸까

아줌마, 아줌마, 그놈의 아줌마
언놈이 꿈속에서도 귀순 씨를 부르나
아줌마 없다

그 궁뎅이 좀 치워줄래

식당일을 끝내고 돌아온 마귀순 씨가 샤워를 하고 수건 하나로 대충 몸을 가린 채 욕실(엄밀히 말하자면 화장실 이다)을 나와 티비 앞을 지나던 순간이었다

그 궁뎅이 좀 치워줄래 테레비를 가렸잖아

아, 마귀순 씨 여지껏 잘 참았는데, 그예 터지고야 만 것 이니

아침부터 또 테레비냐 아예 테레비 속에 들어가 살지 그래 밥이나 축내지 말고 이 만득아

수건으로 남편의 대굴빡을 후려갈기는 마귀순 씨의 알 몸이 폭주 기관차처럼 덜컹거렸다

가리봉동 산2번지 반지하방의 하루는 또 이렇게 시작 되었다
내일도 모레도 글피도 그글피도
당분간 이들의 아침은 늘 이 모양 이 꼴일 전망이다
〉

니캉 내캉 검은 머리 파뿌리 되도록 알콩달콩 살자 했던
삼십여 년 전 초례의 밤, 그때만 해도
가만덕 씨도 마귀순 씨도 이런 날이 올 줄은 몰랐을 거다

와유

창밖에는 봄비가 추적추적 내리구유 부엌에선 귀순 씨가 묵은지로 전을 부쳐유

만덕 씨는 낡은 소파에 누워서는 와불 건달바라도 된 양 리모콘을 누르며 이 채널 저 채널 오래된 티비를 끼고 뒹굴면서 쿵쿵거리는 것인디유, 진경산수 별유천지가 따로 있을까 예가 무릉도원인 것을, 빗소리 들으며 유유자적 뒹굴뒹굴 와유臥遊하는 것인디유

김치전 냄새가 노릇하니 허기를 부르는 참이었나
귀순 씨가 그러는규

와유, 어서 와유
그만 뒹굴고 김치전이나 먹어유
어여 먹고 제발 정신 좀 차려봐유

그래서 만덕 씨가 정신을 차렸을까유 못 차렸을까유?
못 차렸다구유?
〉

틀렸슈 정신 차린 만덕 씨 택시 기사로 취직했슈
참말로 다행이쥬 암만유

팁이라니까 자꾸 그카네

워매 귀걸이에, 워매 립스틱에, 워매 워매 이게 다 뭐유

어, 그, 그거 다 팁으로 받은겨

누가 여자 팬티까지 팁으로 준대유, 거짓부렁도 유분수지 솔직하게 말해봐유

진짜여, 단골로 태우는 업소 아가씨들이 준겨, 자기들 땜시 맨날 새벽까지 고생한다카며, 이대 나온 영심이 언니 주라고 브랜드다 명품이다카며 하나씩 놓고 간겨, 글쎄 영심이 이대 나온 것까지 기억하더라고

이 양반이 지금 그게 말이유 방구유, 말이 되는 얘길해유 말이 되는 얘길

맞다니까 자꾸 그카네, 됐다캐도 고집들을 부리는데 워쩌, 핼 수 없이 받아둔겨

그럼 진작에 영심일 줬어야지, 여지껏 여따 숨카두고는 뭐했대유
〉

일 나가는 냄편 잡아놓고 왜 이래 쌌는지 모르겠네, 이러다 밤 손님 다 놓치면 어쩔겨

긍께 사실대루다 말해봐유

아따 영심이 꺼랑 당신 꺼랑 골라서 줄려고 그런겨, 생일날 말이여, 참말이라도 그러네, 몰러 몰러 저리 비켜 콜 왔잖여

거짓말 아니란 거 모를 리가 있나, 귀순 씨 알면서도 괜히 어깃장 부린 거다

아줌마 오늘 뭐 좋은 일 있나봐 아까부터 실실 웃고 그런대

불판을 닦으면서도 핑크빛 야시시한 팬티가 자꾸만 간질거려서 귀순 씨 얼굴이 점점 발그레해지는데

미쳤지 미쳤어 내가 지금 무슨 생각을 해는겨

난리블루스 장롱면허 탈출기

그 나이에 운전대를 잡아서 뭐하려고 그랴
식당일도 끊겼는데 대리운전이라도 해야 할 거 아녀유
대리운전은 뭐 쉬운 줄 아나
그러니까 한 살이라도 젊을 때 몸에 배어둬야죠 이눔의
코로나가 끝날 것 같지도 않고 끝나도 또 뭔 일이 생길지
모르잖아유

　그리하여 남편을 조수석에 태우고 장롱면허 이십 년 만
에 귀순 씨 운전대를 잡은 것인데,

브레이크! 브레이크! 앞차 박을 뻔했잖여!
알았어유 지금 밟았잖유
전방 주시하고 어, 어, 옆도 봐야할 거 아냐!
아, 알았어유 앞도 보고 이렇게 옆도 보고

　신선마트를 지날 때까지만 해도 주눅 들지 않고 용케 잘
버티나 싶던 마귀순 씨

스톱! 빨간불! 스톱! 스토~~옵!
옴마나, 브레이크 밟았잖유!
깜박이! 깜박이! 깜박이 켜야지!
켰슈, 켰슈!

고! 고! 신호 떨어졌잖여! 에라 구신아, 면허는 어떻게 땄나 몰러!

딱 거기까지였다 행복슈퍼 앞 사거리에서 귀순 씨 그만 폭발하였으니,

운전을 그리 잘하면서 회사에서는 왜 짤렸는디!
운전하는 거, 마누라한테 큰소리치는 거 빼면 할 줄 아는 게 뭐 있는디!
에라 만득아, 에라 밴댕이소갈딱지야, 에라 쫌팽아!
니 혼자 잘 해봐라!

사거리 한복판에 차를 세운 귀순 씨, 조수석 남편에게 속사포를 쏟아내고는 뒤도 안 돌아보고 쌩하니 가버린 거다

뒤엉킨 차들 빵빵! 빵! 빵빵! 난리블루스를 쳐대는데, 이게 뭔 상황인가 눈만 껌벅이던 만득 씨 그제야 내려서는 미안합니다 미안합니다 사태를 수습하는 것인데

구신아, 구신아
부르면 뭐하나 귀순 씨 가고 없다

첫사랑 아니래도 그카네

띵동! 띵동!
누구세요
택뱁니다

혹시 니 귀순이 아녀?
워매 봉창이 정미소집 김봉창 맞지?

고향 서산서 둘째라면 서러울 부잣집 아들 김봉창이 가
리봉동까지 와서 택배 일을 하고 있다는 게 귀순 씨는 도
무지 믿기지 않았는데,
서산서 젤로 이뻤던 마귀순이 가리봉동 반지하방에 산
다는 게 봉창 씨는 도무지 믿기지 않았는데,

뭔 택배길래 함흥차사여, 뒤늦게 따라 나온 가만덕 씨,
보리쌀 훔쳐 먹다 들킨 새앙쥐 표정을 짓고 있는 두 사람
을 번갈아 보다가 모른 체하는 것인데,

뭔 택배래? 누가 보냈데?
큰애가 겨울 옷 좀 보낸다카더니
〉

그날 이후 가만덕 씨 툭하면 귀순 씨를 놀려먹는 것인데,

첫사랑 봉창이 오늘은 안 왔나?
봉창이 아니래도 그카네, 첫사랑 아니래도 그카네

귀신이 조화라도 부린 것인지
그카네 그카네 하는 날이면
우리 만득아 우리 구신아
그카면서 봉창이 훤할 때까지 만리장성을 쌓는 것이니
이 부부 속맘을 누가 알까
알다가도 모를 일이다

新 오동추야

그만 좀 뀌어대유 이불 바깥으로다 뀌든가 굳이 마누라 허벅지에다 뀌어대는 건 무슨 심보래유 빤스에 구멍은 안 났나 몰러 그러다 싸겠네 싸겠어

그깟 방구 좀 뀌었다고 시방 타박을 놓는겨? 내가 일부러 뀐 것도 아니고 나도 모르게 새는 방구를 어쩌라고 하루이틀도 아니고 오늘 따라 왜 그래 쌌나 모르겠네

방구가 괜히 나올까 설마 나랏님 옆에서도 그리 뿡뿡 뀌어댈까 평소에 마누라를 방구만침도 못하게 생각하니 마누라 허벅지에 대고 붕붕 뀌어대는 거지

이 좁은 방구석에서 어따 대고 뀌든 그게 그거지 자다 말고 바깥에 뛰어나가서 방구를 뀌어야 되는겨

한 번도 아니고 무슨 따발총 갈기듯 붕붕거리니까 그러는규

아이구 남편 방구가 그렇게 드러운데 지금까지 어찌 살았나 모르겠네

방구가 아니라 마누라를 업시보는 심보가 문제라는 거유 그 심보가

지청구 좀 그만혀 누구 심보가 더 못됐는지 모르겠구먼 〉

오동추야 달이 밝은데
에라 만득아, 에라 구신아
가리봉동 산2번지 두 칸짜리 반지하방은 오늘도 바람
잘 날 없네
사네 못 사네
오동동 오동동 방구타령이네

* 천승세의 단편 「오동추야(梧桐秋夜)」(문학사상, 1977)에서 차용.

영찬이와 영심이는 누구를 닮았나

영찬이 그눔아 고시 포기하고 취직한단 게 기껏 복덕방이 뭐래?

그게 은젯적 일인데 왜 또 그놈의 복덕방 타령이래유 글구 복덕방이 아니라 부동산 컨설팅 회사라잖아유

그게 복덕방인겨 법대 나와서 복덕방이 뭐여 남자가 칼을 뽑았으면 무라도 베는 법인디 고작 5년 만에 포기하는 그기 사내새끼가 할 일이냐 이 말이여 누굴 닮아 그러나 몰러

이 양반이 애먼 사람을 왜 또 긁는대유

영심이 그년도 똑같여 넘들 다 부러워하는 이대 대학원까지 나왔으면서 맨날 빈둥거리는 꼴 좀 봐 애들이 다 누굴 닮았나 몰러

시방 그게 말이유 가마니유 영찬이 영심이가 가씨유 마씨유 누구 씨유 글구 영심이가 뭘 빈둥거려유 공무원 준비한다고 그러는 거잖유

그니까 하는 말이여 이대 나온 애가 7급도 아니고 9급이 뭐여 그럴 거면 대학원은 왜 댕겼대

그런 당신은 택시 몰 거면 대학은 왜 댕겼대유 그리 잘났으면서 회사는 왜 짤렸대유

〉

42

에라 만득아
에라 구신아
또 다시 가리봉동 전쟁이 벌어진 것인데
영찬이는 누구를 닮았나
영심이는 누구를 닮았나
만덕 씨와 귀순 씨 둘이 낳아놓고는
서로 모른다 하네

백년전쟁

분 냄새 잔뜩 묻혀서는 속옷까지 뒤집어 입은 꼬락서니
하고는, 하다하다 이젠 언년하고 붙어먹기까지 한 거냐
  (마귀순 씨도 잘 안다 남편이 외도할 위인도 못 된다는
것을)

아니래도 그러네 사우나서 뒤집힌겨, 빤스 뒤집어 입은
게 하루 이틀도 아닌데 새삼 트집을 잡고 이 난리여
  (가만덕 씨도 잘 안다 아내가 화를 내는 게 실은 자신의
실직 때문이란 것을)

그래 만득아 오늘 니 죽고 내 죽자

그래 구신아 오늘은 정말 끝장을 내보자

휴전과 개전을 반복하면서 삼십여 년 계속해온 전투에
이골이 날 법도 한데
  가리봉동 반지하방, 가만덕 마귀순 부부는 오늘도 육탄
전이다
  〉

그렇다고 걱정할 일은 아니다
백년전쟁을 치르면서 마침내 백년해로하는 거
그게 이 부부가 사는 방식이니까

3부

할수없이사람이라는
희귀종이 서식하고 있다

안녕, 오타 벵가

1906년 뉴욕의 브롱크스 동물원 사장은 모처럼 붐비는 사람들로 희희낙락 콧노래를 불렀어. 특별히 거금을 들여 데려온 동물이 시쳇말로 대박을 터뜨린 것이지.

원숭이 우리 앞 팻말에는 이렇게 쓰여 있었어.
〈나이 24세, 키 150cm, 몸무게 45kg, 인간과 매우 흡사함〉

난생 처음 본 동물 앞에서 잠시 머뭇거리던 아이들은 이내 빵 부스러기 과자 부스러기를 던져주며 좋아했어. 물론 몇몇 어른들은 기대했던 눈요깃거리에 못 미친다며 야유와 욕설을 내뱉기도 했지만 말이야.

1904년 벨기에군이 콩고를 침략했을 때, 콩고 원주민의 시체가 산을 이루었을 때, 스물네 살의 피그미족 청년 오타 벵가도 비극을 피할 수는 없었어. 일가족이 학살당하는 생지옥에서 간신히 살아남았지만 결국 붙잡혔고 노예 상인에게 팔렸지. 이후 미국 세인트루이스의 만국박람회와 뉴욕의 자연사박물관에 전시되었다가 뉴욕 브롱크스 동물원으로 팔려와 원숭이 우리에 전시된 것이었어.
〉

1910년 인권운동가들의 항의로 풀려나기는 했지만, 1916년 벵가는 권총 자살로 서른네 해라는 짧은 생을 마감했지.

믿을 수 없다고? 거짓말 같다고?

그렇다면 봐,
저기 오타 벵가가 지나가잖아.
오타 벵가가 웃고 있잖아.

안녕, 오타 벵가!

밥값

"한울은 사람에 의지하고 사람은 먹는 데 의지하는 것이니, 만사를 안다는 것은 밥 한 그릇을 먹는 이치를 아는데 있다天依人人依食, 萬事知食一碗"고 일찍이 해월 선생이 말씀하셨다

전 세계 인구는 약 77억 명인데, 2020년 한 해 동안 굶주림에 시달린 인구가 8억 1천만 명을 넘어섰다고, 1초에 다섯 명의 어린이들이 굶어 죽고 있다고 유엔이 발표했다
전 세계에서 생산되고 있는 식량의 총량은 전 세계 인구가 모두 먹고도 남는 양이라고 한다

종로 탑골공원 원각사 무료 급식소는 1992년부터 지금까지 노인과 노숙자들에게 하루도 빠짐없이 무료로 점심 식사를 제공하고 있다
급식소를 운영하고 있는 손영화(66) 씨는 코로나 확산방지를 위해 무료 급식을 2주 동안 중단하라는 통지를 받았는데, 배고픈 사람들을 어떻게 내버려두냐고, 그렇게는 못 하겠다고, 나는 365일 연중무휴 밥을 줘야 한다는 '밥 주자주의'라며 울분을 터뜨렸다

〉

베아트릭스 미엘 그라버(오스트리아, 45) 씨는 매일 80 터키리라, 우리 돈으로 약 3만 원으로 이스탄불에 머물고 있는 시리아 난민 150명의 점심식사를 준비한다

한 사람당 200원짜리 점심식사로 그가 제공하는 것은 약간의 야채를 곁들인 국수와 요거트 한 숟가락, 빵 한 조각이다

1999년부터 매년 열리고 있는 '워런 버핏과의 점심식사'의 2019년 낙찰가는 467만 달러 그러니까 우리 돈으로 약 55억 원이었다

이는 현재까지 기록된 세계에서 가장 비싼 한 끼 밥값이다

우주에서 바라본 지구는 흡사 가마솥 같다

코로나 씨는 어떻게 신이 되었나

1947년 카뮈 선생이 "페스트는 결코 죽거나 소멸하지 않는다"고, "페스트가 또 쥐들을 깨워 어느 행복한 도시로 보낸 후 거기서 인간들을 죽게 할 날이 올 것"이라고, 쥐를 깨우지 말라고 엄중 경고했지만 오만한 인간은 결국 잠든 쥐의 코털을 건드렸다

코로나 씨에게 세상을 초토화시킨 심정이 어떠냐고 물었다

질문이 잘못되었다
세상이 아니라 당신들이 망한 거다 오히려 세상은 안정되고 있고 지구는 안전해졌다

코로나 씨에게 본래 있던 곳으로 돌아갈 생각은 없냐고 물었다

질문이 잘못되었다
처음부터 당신들과 함께 있었다 본래 우리는 한 몸이었다 균형을 깬 건 당신들이다
〉

코로나 씨에게 마지막으로 할 말은 없냐고 물었다

뿌린 대로 거두는 법이다
마침내 사람의 씨가 마르면 암흑천지와 혼돈천지가 걷히고 세상은 새로운 빛과 질서를 찾을 것이다

천 년 후, 코로나 씨는 코와 입이 사라진 신생 인류의 신이 되었다

할수없이사람에 관한 이야기

대한민국 상위 1% 부자라는
국민이라 쓰고 개돼지라 읽는
당신들은 사람일까

키위라는 새는 아픈 기억을 5년 이상 간직한다는데,
그 많은 아픔들을 잊은, 키위보다 못한 당신들을
뭐라 읽어야 할까?
닭? 개똥지빠귀?
뭐라 읽어야 할까?

생쥐는 동료 생쥐의 아픔을 이해하고 똑같이 아파한다
는데,
그 많은 아픔들을 아파하지 못하는, 생쥐보다 못한 당
신들을
또 뭐라 읽어야 할까?
두더지 아니면 스컹크?
라고 읽어야 할까?

두 마리의 개구리가 같은 연못에 있어도 종이 다를 때
는 서로의 소리를 이해하지 못한다지만,

같은 종인데도 사람의 소리를 듣지 못하는, 개구리보다
못한 당신들을
도대체 뭐라 읽어야 할까?
코모도왕도마뱀?
게코도마뱀?

아서라, 개돼지가 울고 웃겠다
닭이 울고 웃고 개똥지빠귀가 울고 웃고 두더지가 울고
웃고 스컹크가 울고 웃고 코모도가 울고 웃고 게코가 울
고 웃겠다
세상의 모든 포유류 양서류 조류 어류 하다못해 아메바
플라나리아 무척추 동물까지 모두 다 울고 웃겠다
억울해서 울고 어이없어 웃겠다

안 되겠다 당신들은 그냥
할수없이사람
이라고 읽을 수밖에 없겠다

대한민국에는 할수없이사람이라는 희귀종이 서식하고
있다

러키 서울, 오 피스 코리아,
우주피스 공화국

모든 권력은 오로지 돈과 계급에서 나오는 이 편한 세상
이 뻔한 세상에서
주권은 국민에게 있고 모든 권력은 국민으로부터 나온
다는
거짓말, 새빨간 거짓말이지

무전유죄 유전무죄를 바탕으로 세워진 이 편한 세상
이 뻔뻔한 세상에서
열 명의 진범을 놓치더라도 한 명의 무고한 피해자를
만들면 안 된다는
거짓말, 새빨간 거짓말이지

개는 개답게 사람은 사람답게
충분히 게으르게 살다가
때가 되면 빌넬레 강에 나가
기꺼이 죽어도 좋은
빌넬레 강 건너 우주피스
우주의 평화를 기원하는

그런 거짓말 같은 나라가 있다는데

사상누각의 마천루를 이 편한 세상이라 부르는
여기는 어디? 러키 서울!
우주의 평화는커녕 모래 한 줌의 평화도 없는
여기는 어디? 오 피스 코리아!

사는 게 지랄 맞을 때면 풍물시장에 간다

풍물시장에 가면
이놈은 녹슨 쇠 같고 저년은 낡은 징 같고
이놈은 해진 북 같고 저년은 휜 장구 같고
하여튼 고물 같은 연놈들이
초저녁부터 거나해서는
쇠 치고 징 치고 얼씨구 절씨구
북 치고 장구 치고 지화자 좋을씨구
신명 나게 풍물을 치는 거라
박 형도 한 잔 받어
사는 게 뭐 있남
쇠 치고 한 잔 징 치고 한 잔
주거니 받거니 하다 보면
왕년에는 말이야 왕년에는 말이야
왕이었던 시절 안주로 씹다 보면
쇠가 되었다가 징이 되었다가
암깽 수깽 얽고 섥고
북이 되었다가 장구가 되었다가
묶고 풀고 으르고 달래고
왕이나 거지나 밥 먹고 똥 싸고

얼씨구 절씨구 지화자 좋을씨고
그랴 사는 게 뭐 있남

사는 게 참 지랄 맞을 때가 있다
그럴 때면 풍물시장에 간다

오륙도

오십 평생 한눈팔지 않았는데, 잘못 살았다네
배운 대로 시키는 대로 살았는데, 잘못 살았다네
기가 막히고 코가 막히겠네
귀신도 곡할 노릇이라
어느 날 문득 깨어보니
아내도 없고 아내와 살던 집도 없어졌네
메이데이 메이데이 메이데이
대답하는 이 하나 없네
막다른 섬 여기는 어디, 오륙도*라네
고립무원 무인도 여기는 어디, 오륙도라네
오늘은 내가 오르지만
내일은 당신이 올라야 하는
여기는 어디, 오륙도라네

* 오십세 육십세까지 직장에 다니면 '도둑놈'이 되는 세상이라네

우연

다음부터는 과속하지 마시고 안전 운전하시기 바랍니다

죽기살기로 과속하지 않았으면 여기까지 올 수도 없었
던 사내는 갓길에 앉아 담배 한대를 문다 꽃은 어디 갔을
까 대궁만 남은 민들레를 보다가 낮게 엎드린 대궁을 흔
들다가 문득 궁금해진다 풀 아래 뿌리쯤에서 이 순간 벌
어지고 있을 우주운행에 관한 비밀들, 벌을 잡아먹다 말
고 도망치고 있는 스라소니거미와 제 몸을 말고 있는 쥐
며느리의 긴장에 대해서, 다음 달 과태료를 내면 그뿐일
이 우연한 사건에 대해서

아르바이트생 A양이 최저 임금을 계산해 줄 것을 요구하자 편의점주는 이튿날 A양을 비닐봉지 절도 혐의로 신고했고 경찰은 혐의가 없는 것으로 결론을 내렸다

이 참담한 순간에 왜,
고영민의 똥구멍으로 시를 읽다가 떠오르는 건지
키득키득 키득키득
자꾸만 웃음이 새어나와 어떡하지
어이없다는 저 표정 좀 봐
키득키득 키득키득
참을 수가 없네 미치겠다
이년이 미쳤나 하는 저 표정 좀 봐

— 웃어? 지금 웃음이 나온다 말이지. 나가 이년아! 내일부터 나올 필요 없어!

아니 아니 무슨 그런 섭한 말씀을
내일 또 내일 출근하고 또 출근할게요
무참히 구겨지고 또 구겨져서
그 더러운 입

완전하게 닦아줄게요
부들부들한, 온전한 휴지가 되어서
그 더러운 똥
완벽하게 닦아줄게요

지는 세계

평생을 졌다
평생을 진 사람들이다
식솔들의 짐을 대신 지고
식솔들을 대신해서 치러야 했던
아비규환의 밥그릇 전쟁
끝내는 질 때까지
세상의 모든 전쟁터를 누볐다
지고 또 지고, 기꺼이 지면서
마침내 졌다

장군 받아라 멍군이다
지난 전쟁을 복기해 보는 것이지만
지는 게 이기는 거라고?
개뿔!
장기판도 훈수도 이내 시들해지고

질 수밖에 없는 평생
지면서 지는 한 세계가 있다
졸의 세계가 있다

이 편한 세상

꿈이 뒤숭숭해서 전화했다
별일 없으면 됐다
아들에게 안부를 묻고
안심하면서
엄마가 늙어간다
이 편한 세상에서 아버지가 안녕히 늙어간다
늙은 부모를 자식 대신 모시는
이 편한 세상이 어째서
어쩌다 저 불편한 세상으로
빠르게 기울고 있다는 불길한 소식
마침내 붕괴된 이 편한 세상에서
나는 누구에게 전화를 걸어
저 불편한 세상의
안부를 물을 것인가

카톡왔숑, 왕년은 어디로 갔나

꼬끼오 꼬끼오 새벽닭 울 듯

아침마다 울리는

카톡왔숑 카톡왔숑

단톡방을 두드리는 소리

외국 보낸 마누라랑 딸래미가 보고 싶다고

카톡왔숑

다음 달 명퇴한다고, 치킨집 문 닫는다고

카톡왔숑 카톡왔숑

새벽 거시기가 거시기했던 것이 언제였는지 모르겠다고

카톡왔숑

아침마다 힘내라고 기운 내라고 카톡왔숑

서로의 사정을 어루만진다는 것이 카톡왔숑

결국에는 너도 징징 나도 징징

하소연으로 끝을 맺는 것이니

카톡왔숑 카톡왔숑

왕년은 어디 갔나

한가락 했던 왕년은 어디로 갔나

카톡왔숑

생각하면 너나없이 서러운 것인데

괜찮다 괜찮다며
카톡왔숑 카톡왔숑
오늘도 징징거리며
서로의 안녕과 안부를 묻는 것인데

세균론世均論

宇宙
칠판에 떡하니 쓰고는
몸이 우주이니, 몸이 집이란다
집에 누가 사느냐 바로 세균이 산단다
수백만 년 내 몸에 세 들어 살고 있으니
좋은 균 나쁜 균 모두 식구이니
융숭히 대접하는 게 몸의 도리, 집의 도리란다
어떤 이는 무균이 좋은 줄 아는데
중요한 건 오히려 균형이란다
細菌(세균) no 世均(세균) yes!
밑줄 쫙!
몸속의 균이 다 빠져나가면
정작 집이 무너지는 법이란다
그게 가장 위험한 일이니
빈집 만들지 말란다
빈집 되지 말란다
우주공생宇宙共生
밑줄 쫙!
우주홍황宇宙洪荒이 아니라 우주공생이란다

아귀찜을 먹는 저녁

열네 살 때, 너는 양반의 자손이다, 아버지가 두꺼운 족보를 보여주었지만, 조숙한 당신은 서정주를 이미 알고 있었다 당신의 아비들도 종이었다

아귀찜을 먹는 저녁이면, 찌라시의 두께로는 결코 가릴 수 없는 불쌍한 아비의 가계와 불우할 당신의 가계를 떠올리는 거다

주인을 먹으려고 먹어치우려고, 아가리를 찢고 또 찢고, 이빨을 갈고 또 갈고, 악착같이 살아서 마침내 아귀가 되었지만, 주인의 아가리는 언제나 아귀의 아가리보다 크다는 걸 당신의 아비들은 알지 못했다

아귀의 뱃속을 샅샅이 뒤져 뼈에 붙은 살점마저 살뜰히 뜯어 먹고 눈알까지 빼먹고서도 허기가 풀리지 않는, 허기로 퉁퉁 불은 저녁이면, 마침내 아귀가 된 어수룩한 아비들과 아비의 아비의 아비 아, 당신의 아비들을 맛있게 찜쪄먹은 영민한 주인들을 떠올리는 거다

그렇다고 당신에게 주인을 찜쪄먹을 묘안이 있는 건 아니다 끄억,

불평등이 순리다
— 『허삼관 매혈기』 읽기

허삼관은 육십 평생 피를 팔았는데, 당신의 오십오 년을 축약하면 이렇다

즐거운 우리 집을 찾아 서울 변두리 지하방에 짐을 풀었지만, 즐거운 우리 집은 없었다 어느 해 겨울 각혈하는 딸을 업고 약과 식량과 땔감을 구해오겠다며 지상으로 사라진 아버지는 끝내 돌아오지 못했고, 지하실 흐린 백열등 아래서 봄여름가을겨울 봉제인형에 까만 눈을 달던 어머니의 눈은 두더지처럼 점점 더 캄캄해졌다 그 사이 성년이 된 당신은 아버지와 여동생을 찾아오겠다고, 어머니를 어둠 속에서 꺼내주겠다고, 기꺼이 황금제국의 용병이 되었지만, 나이 오십을 넘겨서야 깨달았다 비둘기처럼 다정한, 장미꽃 넝쿨 우거진, 즐거운 우리 집 같은 것은 황금제국 어디에도 없었다

믿기 어렵겠지만, 플라톤도 아리스토텔레스도 공자도 맹자도 예수도 석가도 불평등함이 세상의 순리이니 불평하지 말라 했다

〉

가끔은 순리에 도전한 노예도 있었지만 결과는 늘 참혹했다 왕후장상의 씨가 따로 있냐며 진나라와 맞장을 뜬 진승도 졌고, 노예들을 이끌고 세계 최강의 로마군과 맞장을 뜬 스파르타쿠스도 결국 졌다 칼 마르크스도 지고 체 게베라도 지고 전태일도 졌다

　당신이 생떼를 쓴다고, 억지를 쓴다고 바뀔 일이 아니다

　— 좆 털이 눈썹보다 나기는 늦게 나도 자라기는 길게 자란단 말씀이야*

　평생 피를 팔아 처자식을 부양해야 했던 허삼관의 말을 허투루 들을 일이 아니란 얘기다

* 위화의 소설 『허삼관 매혈기』 중에서

취매역

비 온다 경춘선 타러 가자*

한 주전자에 지나간 추억을 소환하고
두 주전자에 오지 않을 미래를 불러내고
추문과 영웅담을 뒤섞으며
추억역과 미래역을 오가는 거다

부어라 마셔라
오늘도 경춘선은 달린다

가버린 역과 오지 않을 역 사이를 오가며
취기가 머리꼭지까지 차오르면
모습을 드러내는 취매역

당나귀 귀래
임금님 귀는 당나귀 귀래

취매역에 내렸다는 건
마침내 주화입마에 들었다는 것

보라,
쌓이고 막혔던 속엣것을 다 토해내는 저이들을

주모,
여기 경춘선 한 주전자 추가요

치매가 아니라 취매醉呆다
취매입마에 든 거다
취매역이 두렵거든
경춘선 함부로 타지 마시라
승차 거부를 당할 수도 있으니 아예 표도 끊지 마시라

당신의 취매역은 어디인가
딸꾹,

* 춘천에서 경춘선을 탄다는 건 서울생막걸리와 춘천생막걸리를 섞어 마신다는
뜻이다.

그 여자 수박을 샀을까 못 샀을까

　　태안에서 당진을 잇는 한적한 지방도를 지나던 승용차
가 갑자기 멈추더니 한 여자가 내려서는 갓길 좌판에서
수박을 팔고 있는 할머니와 흥정을 시작했는데,

할머니 이 수박 얼마예요
올해 날이 궂어서유

아니 이 수박 얼마냐고요
긍께 품이 많이 들어서유

그러니까 얼마 드리면 되냐고요
대충 줘유 서울 사람이 잘 알겠쥬 촌것이 알간디유

만 원 드리면 될까요
냅둬유 소나 갖다 멕이게

서울서도 만 원이면 살 수 있는데요
그럼 서울서 사지 여까지 왜 왔슈
〉

그러지 마시고 좀 깎아주면 안 돼요
서울깍쟁이 서울깍쟁이 하더만 진짜구만유

그럼 이만 원에 세 개는 어때요 싸게라도 많이 파는 게
좋잖아요
냅둬유 썩어지면 거름이나 주지유 머

그 여자, 결국 수박을 샀을까 못 샀을까 내 엿 내가 만
들어 파는 것이니 엿 값은 엿장수 맘이라는데 대형마트
의 그 많은 수박 값은 누가 정하는 걸까 "소값 개값 되고
돼지금 똥금 되어 논 두 마지기 홀랑 날리고 미친 지랄 몇
년에 불알만 덜렁 남았다"*던 48년 생 문태환 씨는 지금
어찌 사나 몰라

* 인터넷에 떠도는 충청도에서 수박 파는 유머와 김용택의 시 「문태환 약전」을
  인용하고 각색함.

4부

사랑이 독이라면
기꺼이 그 독을 마시라

세상에서 가장 어려운 책

나를 대신했던 내 안의 '나'들이
공공연히 인용했던
내 바깥의 '당신'들과
당신들을 속이고 베끼다
마침내 나를 삼켜버린
나들과 당신들의 신파 혹은 우여곡절

끝내 읽을 수 없는
당신들과 나들이 써내려간
연애의 주술서
본문은 흔적도 없이 사라지고
해석 불가로 남은
주석의 주석들

주석 속으로 나는 꼭꼭 숨었지
머리카락 보일라 꼭꼭 숨었지

그래도 사랑, 그래서 사랑

너 없으면 못 산다더니
다른 짝 만나서
아들딸 놓고 잘 사네
알콩달콩 잘도 사네

조금만 더 살아보시게

너 없으면 못 산다더니
몇 년 같이 살아보니
너 때문에 못 살겠다네
너 죽고 나 죽자 하네

조금만 더 살아보시게

좋아서 죽고 미워서 살고
죽자니 살고 살자니 죽고
에헤라, 그래도 사랑이라네
오호라, 그래서 사랑이라네

꽃들에게 미안하다

지난 칠 년 동안 월간 춤지에 꽃에 관한 칼럼을 연재했다 돌이켜 세어보니 초대에 응해준 꽃이 여든넷이다

동백, 매화, 목련, 벚꽃, 찔레꽃, 모란, 작약, 능소화, 국화, 꽃무릇, 억새, 수선화, 달맞이꽃, 오랑캐꽃, 진달래, 민들레, 할미꽃, 애기똥풀, 엉겅퀴, 패랭이꽃, 접시꽃, 백일홍, 구절초, 서리꽃, 무화과, 며느리밥풀꽃, 냉이꽃, 나팔꽃, 채송화, 라일락, 개망초, 해바라기, 장미, 사루비아, 코스모스, 수련, 수국, 봉선화, 노루오줌, 유채꽃, 연꽃, 양귀비, 명자꽃, 안개꽃, 칡꽃, 감꽃, 박태기꽃, 에델바이스, 대나무꽃, 앵두꽃, 바람꽃, 산수유, 얼레지, 메꽃, 강아지풀, 분꽃, 담쟁이, 호박꽃, 칸나, 금잔화, 튤립, 토끼풀, 해녀콩, 오얏꽃, 녹두꽃, 독초, 파꽃, 도라지꽃, 백합, 투구꽃, 아카시, 목화, 꽈리, 치자, 해당화, 장다리꽃, 선인장, 맥문동, 고마리, 말리꽃, 밤꽃, 원추리, 감자꽃, 맨드라미

초대에 응해준 꽃들에게 이제 와 미안하다

고백하자면 구독률을 올려야 했던 나는 시종 꽃들에게

물었다 색色을 물었고 향香을 물었다 음란하고 속되고 삿
된 사정만을 집요하게 물었다

　어느 한 꽃도 욕보인 죄를 묻지 않았다
　묻기는커녕 욕을 꽃으로 돌려주었다

　평생 사랑을 빙자한 죄를 묻지 않는 당신
　꽃보다 꽃 같은 당신
　당신에겐 미안하다는 말도 못 하겠다

지척

세상에서 가장 먼 거리가 어디서 어디까지인지 아느냐
물으니
　당신은 하늘에서 땅까지 아니냐고 대답했지요
　그래서 내가 아니라고
　머리에서 가슴까지라고 잘난 척을 좀 했지요

　지척咫尺
　지咫는 여덟 치, 척尺은 열 치
　한 걸음도 채 안 되는 거리
　지척에 두고 평생을 만나지 못하기도 하는 먼 거리가
　바로 머리에서 가슴까지라고 했지요
　머리로 이해하는 것을 마음이 받아들이는 게
　그렇게 힘든 일이라며
　잘난 척을 좀 했지요

　당신은 웃으며
　이렇게 물었지요

　당신과 내 거리가 지척인 것은 알아요?

사랑의 역설

"목련 꽃송이도 시발 시발만 같고"

한혜영의 시 「이런 사발」을 '이런 시발'로 읽는다
사발인 줄 알면서도 자꾸만 시발로 읽는다

살면서 얼마나 많은 당신의 사발을
얼마나 자주 시발로 읽었던가
얼마나 많은 나의 사발을
당신은 또 왜 시발로 읽었던가

서로를 오독하고 오해하면서
조작된 알리바이를 사랑이라 믿으며
서로를 탐닉하고 탐독한다

마침내 사약 사발을 다 비우고서야 끝날
이 역모逆慕와 역설의 사슬
지독한 독법讀法 아니 독법毒法

애월, 독한년

아비 없이 태어난 명자는 열여덟 살 꽃 같은 나이에 스스로 목숨을 끊었습니다 간장을 먹고 절벽을 구르고 약도 먹고 별의별짓을 다했는데 죽지도 않더라 독한년, 독한년, 술에 취한 날이면 어미는 독한년을 입에 달고 살았지만 식구들 모두 빨갱이로 몰려 죽고 혼자 남은 어미가 어찌 살았는지 아니까 어미도 스스로 징한년이 되어 살아남은 것을 너무 잘 아니까 원망은 없다 했습니다

먼 남쪽 바다, 涯月의 석양이 왜 핏빛이 되었는지 알려주었던, 박용래와 이용악과 니코스 카잔차키스를 사랑했던, 애월의 모래밭에서 조르바와 춤을 추길 좋아했던, 마침내 애월에 몸을 던져버린 독한년, 열여덟 살 명자는 이제 가고 없습니다

먼 훗날 어느 가을 호젓한 오솔길을 홀로 걸을 때 혹여 코스모스 피었거든, 그 붉은 잎에 박용래의 코스모스 한 구절 적어 바람에 날려 보내주면 그것으로 좋겠다던, 독한년 명자, 삼십 년 전 명자가 문득 붉어지는 가을이 있습니다

보라, 색의 기원, 각시투구꽃

(어여) 보라
(와서 만져) 보라
(나의 진보랏빛 알몸을 견디어) 보라

보라 속에 감춘 독니를
끝내 의심하지 못하였으니
보라를 완성한 것은 너였으니
네 죄를 네가 알렸다

세상이 죄로 물들고
뜨거운 맹독이
온 우주로 가득 퍼지면
마침내 한 생을 완성하는 꽃
이 있다
사랑의 알리바이를 완성하는 색
이 있다

사랑이 독이라면 기꺼이 그 독을 마시라
색이 죄라면 기꺼이 그 색에 물들라

봄날은 간다 5절

사랑도 미움도 세월 속에 늙어가더라
오늘도 손가락 꼽아보며
마침내 어두워진 황혼의 길에
울음 울면 웃자 하고
웃자 하면 울음 울던
한 세월 엇박자에 봄날은 간다

다시는 오지 마라 봄날은 갔다

시 좀 봐달랬더니

여섯 번째 시집을 준비하면서
교정 좀 봐달라고 했더니
며칠 후 반으로 접은 쪽지를 쥐여주는 거다
나중에 혼자 있을 때 보란다

당신 시 읽는 게 무척 힘이 드네
그 사이 많이 시들고, 궁상도 많이 늘었네
이렇게 힘들게 살고 있는 줄 왜 몰랐을까
교정보다 위로가 필요한 내 남편
당신 덕분에 우리 식구
지금까지 잘 살아왔으니까
자책하지 말고 힘내요

시 좀 봐달랬더니
엉뚱한 것만 보고 있는
참말로
얄궂은 당신
당신 때문에 시도 못 쓰겠다

치르치르미치르

끝내 이혼 서류에 도장을 찍었고
당신은 아무 말 없이 일어나 카페를 나갔지
입도 대지 않은 당신의 식은 커피를 물끄러미 바라보던
그 순간이었어

— 자기야 치르치르미치르 먹어봤어? 뜨거운 접시에 텐
더치킨과 파스타와 베이컨이 까르보나라 소스에 듬뿍 담
겨서 나오는데 그게 바로 치르치르미치르야 자기야 치르
치르미치르 먹으러 가자

새처럼 지저귀는 소리에 돌아보니
삼십 년 전 당신과 내가 앉아 있는 거 아니겠어

그제야 생각이 난 거야
식구를 위한답시고 삼십 년을 바깥으로 떠돌면서
까마득히 잊고 있었던 그 말
파랑새는 바깥이 아니라 안에 있다고
당신이 바깥을 떠돌 때마다 파랑새는 조금씩 죽어가고
있다고

치르치르와 미치르 얘기를 했었잖아
그 말을 왜 이제야 기억한 걸까
그것이 당신이 내게 보낸 조난신호였다는 것을
왜 이제야 알아차린 걸까

삼십 년 전 당신이 그러는 거야
— 자기야 치르치르미치르 먹으러 가자
창밖의 당신은 이미 저만치 돌아서 가고 있는데…

그제서야 눈치를 챈 거야
아, 꿈이구나
꿈이었구나

꿈이어서 차마 다행이다
당신이 아직 꿈에서 깨지 않아서
차마 다행이다

옛날 비디오를 보면서

춤을 추는 다섯 살짜리 도희를 보면서
스물다섯 살 도희와 스무 살 도은이가
쟤 누구야 쟤 너무 귀여워
까르르 까르륵

울며 떼쓰는 세 살짜리 도은이를 보면서
스무 살 도은이와 스물다섯 살 도희가
쟤 누구야 쟤 너무 이뻐
까르르 까르륵

옛날의 자기를 보면서 자기가 아니라며
두 딸의 숨이 넘어가는 것인데

그 사이 슬며시 끼어들어서
옛날 어린 아내와 옛날 어린 남편을 보다가
저게 당신이야 저게 당신이었어
까르르 까르륵

아내와 나도 그만

아이들처럼 숨이 넘어가는 것인데

곰곰 생각해보니

함께 산다는 게
매일 새로운 사람을 만나는 일이었어

어제의 당신을 보내고
오늘의 당신을 맞이하는 일

다시 이십 년 쯤 지나
옛날 비디오로 오늘을 보게 되면 그럴 테지
저이는 누구야 까르르
저이가 당신이었어 까르르

어제의 나와 당신을 지우고 내일의 나와 당신을 기다리
면서
매일 새로운 오늘을 살다가
그렇게 한 생이 지나는 거였어

춘천이니까

1
이 밤이 지나면 해는 짧아지고 어둠은 깊어지겠지
기차는 떠나고 청춘의 간이역도 문을 닫겠지

춘천이 아니면 언제, 청춘이 아니면 언제
이별할 수 있을까, 사랑할 수 있을까

미련도 후회도 남기지 말아야지
뜨겁게 사랑하고 뜨겁게 헤어져야 해

여기는 춘천, 청춘의 비망록

2
이 밤이 지나면 해는 떠오르고 안개가 몰려오겠지
청춘은 떠나고 우리의 이야기도 끝이 나겠지

안개가 걷히면 언제, 청춘이 떠나면 언제
노래할 수 있을까, 춤을 출 수 있을까
〉

우리의 이야기 하나도 빠짐없이
춤추고 노래하고 원 없이 사랑해야 해

여기는 춘천, 청춘의 호숫가

시집 읽는 남자

그 남자가 시집을 읽는 이유는
그 여자를 해독할 수 있는 유일한 방법이기 때문입니다
오늘은 정윤천의 시집 『발해로 가는 저녁』을 읽다가
"기타 소리가 생겨난 뒤에야 기타가 만들어졌을지도 모
른다"는 문장으로
그 여자의 한 페이지를 읽더군요
"사랑이 생겨난 뒤에야 당신이 만들어졌을지도 모른다"
라고 말입니다

오늘도 그 여자의 한 페이지를 겨우 읽은
그 남자 언제쯤이면
그 여자를 온전히 읽어낼 수 있을까요

난독증

오십여 년
무수한 당신들을 읽고 있지만

어떤 당신도
첫 장을 넘기지 못했다

어떤 당신도
여전히 표지만 읽을 뿐이다

표지를 가리면
나는 당신이 누군지 모른다

모르는 당신을
안다고 우길 때가 있다

나의 난독증을 들킬까 두려운 까닭이다

5부

가짜 시인은 언제나
가짜 문제에 대해 말한다

살라가둘라 메치카볼라 티루카카
꾸루꾸루 칸타삐아 비비디바비디 부

이것은 주문이며 수행의 한 방법이다
아침에 한 번,
자기 전에 한 번,
하루 두 번
공복 상태에서 매일 따라하면
흐트러진 기를 모을 수 있고
잡념을 다스릴 수 있으며
마침내 고집멸도苦集滅道에 다다를 수 있다

살라가둘라 메치카볼라 티루카카 꾸루꾸루 칸타삐아
비비디바비디 부

이것은 사랑의 묘약이며
사랑의 세레나데다
이것을 외우면
기적처럼 사랑이 찾아올 것이다

부작용. 정치인이나 종교인이나 학자가 따라할 경우 호

흡곤란이나 공황장애가 올 수 있음

　　주의. "너 미쳤니?" 혹은 "니가 도마뱀이냐?" 이런 소리
를 들을 수 있음

옥타비오 빠스냐 옥탑 위의 빤스냐
그것이 문제로다

가짜 시인은 거의 언제나 타자의 이름으로 자기 자신에
대해 말한다 진짜 시인은 자기 자신한테 말할 때도 타자
와 이야기한다
라고 옥타비오 파스가 말씀하셨다
라고 정현종 시인을 비롯한 진짜 시인들이 말씀하셨다

그렇다면 나는 진짜인가 가짜인가를 고민해야 하는데
정작 나는
옥타비오 파스의 책 어디에 그런 말이 있었나
활과 리라에 그런 말이 있었나
이런 쓸 데 없는 고민을 하고 있다

박정대 시인은 옥타비오 빠스를 읽다가
옥탑 위의 빤스, 서럽게 펄럭이는
이런 진짜 문장을 만들기도 했는데
나는 옥타비오 빠스냐 옥탑 위의 빤스냐 그것이 문제로다
이딴 가짜 문장에 매달리고 있다
〉

사느냐 죽느냐 그것은 진짜 문제고

옥타비오 빠스냐 옥탑 위의 빤스냐 그것은 가짜 문제다

진짜 시인은 언제나 진짜 문제에 대해 말하고

가짜 시인은 언제나 가짜 문제에 대해 말한다

누가도 아닌 당신께서

너희에게 말하여 이르되 나는 너희가 어디에서 왔는지 알
지 못하노라
　— 누가복음 13장 27절

'누가'라는 유령이 지금 대한민국의 문단을 배회하고
있다
　라고 쓰니, 누가도 아닌 당신께서
　얼굴이 빨개지신다

무엇을 어떻게 왜 쓰든 상관없다
좋은 시는 다만 '누가 쓴 것이냐'로 결정된다
　라고 쓰니, 누가도 아닌 당신께서
　얼굴이 누레지신다

　그러니까 시는 왜 쓰고 언제 어디서 무엇을 어떻게 쓸
것이냐의 문제가 아니라
　당신이 과연 그 '누가'가 될 수 있느냐 없느냐의 문제인
것이다

라고 쓰니, 누가도 아닌 당신께서
붉으락푸르락 게거품을 무신다

평론가들이 뽑은 올해 최고의 시
— 디스토피아

ʘʢƦʘ코Ʊ˩φдПŒΨÞ

ɋɦΠȠɸИ로ѦҶΩɰƌƏ

ɸИΓ나ΛϐΓ˩ΠØƆƱɰ

ИΓƆƱ˩ƏɋɦʘΨ바ϴɖ

ΣƱ˩φɋ이ИΓѦҶΩΣƱ

ΠȠɸИƆʘΩ러ƌΛϐΓϐ

Ω스ƌΛϐΓϐΠȠɸИƆʘ

ɸИCѦҶΩΣƱΣƱ˩φɋ

˩ƏOɦʘΨЧϴɖИΓƆƱ

ŦΛVΓ˩ΠØƆƱɰɸИΓ

ΠȠIИΓѦҶΩɰƌƏɋɦ

ʢƦDΣƱ˩φдПŒΨÞʘ

ɋɦ19ƆʘΩɰƱ˩ƏɋҶ

고진하 시인에게 시를 물었더니

영하의 겨울밤
얼음 호수에 몸을 던지는
청둥오리를 보았냐고
밤새 제 몸을 던져 얼음을 깨는
그 쩡쩡한 비명을 들어보았냐고

그때부터라고

시에게도
삶에게도
신에게도
더 이상 엄살을 부리지 않기로 했다고

개뿔 아니 개뿔보다 못한

세상의 빛이 되겠다, 개뿔!
시 짓는답시고 이생에서 한 일이라고는 죄다 빚지는 일
이었네

시인의 빛이 세상의 빛이 된다, 개뿔!
이생에서 진 빚 후생에 갚겠다는 말도 차마 못 하겠네

시인은 가라, 플라톤 씨의 말이 맞았네, 개뿔!
빛커녕 빚만 쌓는, 업도 이런 업이 없겠네

이 시를 쓰는 동안에도 미당이 빛이냐 빚이냐를 두고
시인들이 쌈박질을 하고 있네
시인이란 참, 정말로 개뿔이네 아니 개뿔만도 못하네

야반도주

시인들 틈에 끼어 팽목까지는 어찌어찌 갔던 건데
막상 시를 읽으라는 데는 도무지 불편하다

나 혼자 잘 살겠다고, 남의 사정 몰라라
내 식구 먹여 살리겠다고, 남의 식구 몰라라
그냥 살던 대로 살면 되지 뭐하러 왔을까
뭔 낯짝으로 시인입네 앉았을까

차마 면구스러워서 그나마 염치는 있어서
슬그머니 도망쳐 왔다

"팽목이 맹목으로 쓰일 때 시는 가짜다 어쩌구저쩌구"

시 같지 않은 시도 슬그머니 쓰레기통에 버리고 왔다

시답잖은 시론

시는 詩다
말로 절을 짓는 거다 잘못 지으면 땡중 된다 이 말이렷다

시는 侍다
사람이 절이고 사람이 부처다 그러니 모셔라 이 말이렷다

시는 市다
구중궁궐이 아니라 책상머리가 아니라 시는 저잣거리
에 있다 이 말이렷다

시는 視다
남들이 보지 못하는 걸 보라는 거다 탄광의 카나리아처
럼 잠수함의 토끼처럼 세상이 무너지고 가라앉고 있는 것
을 먼저 보고 짖어라 이 말이렷다

시는 矢다
짖어도 안 되면 아예 쏴라 세상 무너뜨리고 망가뜨리는
놈들 가슴팍에 화살을 팍팍 꽂아라 이 말이렷다
　〉

이상의 것을 무시하면 어떻게 된다고?

시가 屎 된다
된똥도 아닌 묽은똥 된다 이 말이렷다

아예 尸가 되는 수도 있다
시쳇말로 죽은 시가 된다 이 말이렷다

달마가 동쪽으로 간 까닭은
— 전윤호 시 창작반 수강생 모집공고

시를 쓰고 싶다 이 말이쥬? 역마살에 시마詩魔까지 들어서 달마는 아니고 동가식서가숙하는 시발당주詩醱堂主가 있는디 그 냥반 함 보러 갈튜? 그 냥반 딴 건 몰러두 시는 그리 용하다쥬 못 믿겠음 그 냥반하고 했던 얘기 함 들어볼튜?

시인이슈?
몰라 그냥 시발詩醱놈이야!
시 쓰는 방법 좀 가르쳐 주실래유?
따라해 봐, 시발詩醱!
놀랬잖유 근데 객도 없이 왜 혼자 술을 마셔유?
보면 몰라 시를 발효醱酵하는 중이잖아!
중이셨슈?
어머 시발! 술이나 한 잔 걸치고 가!

위때유? 시발당주 그 냥반이 춘천에서 끄적당인가 뭔가를 새로 채렸대는디 시판인지 술판인지 궁금하면 함 가볼라유? 여그서 가찹다는디 오츠케 나랑 한번 가볼튜?

근황

잘 살고 있는 거냐고, 물으셨지요?

죽네사네 하면서 죽진 못하고 삽니다 죽어라죽어라 삽니다 이 달에도 쥐꼬리 월급 받았지만 이것저것 빼고 나니 빚만 50만원입디다

시를 더 이상 쓰지 않을 거냐고, 물으셨지요?

먹고사는 일이, 직원들 월급 주는 일이, 시보다 급한 일이라 말하면 변명이겠지만, 그래도 그리 말하면 속이 좀 편해집디다 실은, 세상의 빛이 되는 시를 쓰겠다고 삼십년 매달렸는데 결국 세상에 빚만 질 뿐입디다

빚쟁이들이 나를 조질 때마다 나는 술을 조집니다 내가 술을 먹다가 술이 술을 먹다가 마침내 술이 나를 먹어치울 때까지 술을 조집니다 술이 쓰다가 달다가 마침내는 아무 맛도 없습디다

사람이 많이 차갑습니다
내내 여일하시길

시 파는 놈이 시 좀 팔겠다는데

너무 좋은데, 도무지 팔리지 않는
권모 형의 시가 아까워서
이참에 내가 시 팔아주겠다며
풍물시장 막걸릿집에 온 것인데
시 팔아 줄 테니 걱정 말라고
시 팔아 먹고산 게 얼만데 두고 보라고
주거니 받거니 하던 것인데
벌써 거나하게 취한 사내 둘이 저짝에서
공연히 트집을 잡는 거라
느그가 뭔디 시방 시팔 시팔 욕을 해대는 것이여
느자구없이 주둥이를 놀리면 되간디
한번 해볼 텨 이 시팔눔아
나도 술이 조금은 들어간 터라 그냥 넘기지 못한 거라
이 양반아, 내가 언제 욕을 했다고 욕지거리야
시 파는 놈이 시 좀 팔겠다는데
왜 당신이 욕을 하고 지랄이셔
낫살을 똥꾸녕으로 쳐드셨나 술이나 곱게 쳐드시든가
흥정은 붙이고 쌈은 말리라고
막걸릿집 아지매가 중재를 잘해서

그나마 더 큰 사달은 피했던 거라
무슨 얘기를 하고 싶은 거냐고?
시가 욕돼버린 세상이다
시 파는 일이 욕먹을 짓이 돼버린 세상이다
뭐 그런 얘기지

끝내 실패할 수밖에 없는 그 길을

위험한 여행 함께할 사람 구함. 봉급 적음. 혹독한 추위, 길고 캄캄한 어둠, 끊임없는 위험을 감수해야 함. 무사 귀환 보장하지 못함. 단 성공하면 명예가 따를 수 있음.

1914년 3월 섀클턴(Ernest Shackleton)이 런던타임스에 올린 구인 광고다 믿기 어렵겠지만 무려 오천여 명이 지원했고, 선발된 스물일곱 명의 대원들과 함께 섀클턴은 그해 8월 자신의 세 번째 남극 횡단 도전에 나섰다

남극을 향해 출항한 인듀어런스 호는 6개월 후 침몰했다 광고에서 말한 것보다 더 극한 상황에 빠졌을 때, 그들이 살아 돌아올 것을 상상한 사람은 아무도 없었다

634일 만에 남극의 얼음 바다를 탈출한 그들은 모두 무사 귀환했다 남극 횡단 도전은 실패했지만, 그들이 실패했다고 생각하는 사람은 아무도 없었다

시의 극점을 밟으려 도전하는 이들이 있다 무수히 실패

했지만, 시의 얼음 바다에 침몰하고 또 침몰하면서, 끝내 실패할 수밖에 없는 그 길을 걷는 이들이 있다

모든 시는 그러니까 실패의 기록이다

개밥그릇

시는 개밥그릇이니
개밥그릇이라 먹다 남은 찬밥이 대부분이니
산해진미山海珍味를 기대하지 마시라
그렇다고 야박하다 타박하지는 마시라
그 밥 채우는 마음만은
어미가 자식 밥 챙기듯 곡진하다
그러니 사양하지 말고 드시라
비록 개밥그릇이지만 그 한 그릇으로
당신의 허기를 조금이라도 면할 수만 있다면
그것으로 충분하다 물론
개밥그릇이니 발로 차버린들
당신을 탓하진 않을 것이다

박남철 선생 하나면 족하지 아니한가

독자놈들, 독자놈들,
무식하다, 무식하다,

알로보는 거
가르치려는 거
길들이려는 거

박남철 선생 하나면 족하지 아니한가

어떤 시 선생도
무학인 장돌뱅이 우리 할매보다 못하더라

나비도아닌나방도아닌나비를 찾아서

지금까지 밝혀진 나비보다 밝혀지지 않은 나비가 더 많
다는데
그렇다면 '나비도아닌나방도아닌나비'도 있지 않을까

거의 모든 것에 관한 아무것도 아닌 이야기
라는
나의 진술을

아무것도 아닌 것에 관한 거의 모든 이야기
라고
정정해주는 당신들

당신들 때문에
울고
당신들 때문에
웃으며
나는 가네

당신들의 독한 뿌리와 연한 잎을 갉아먹으며

독하게 부드럽게 당신들을 먹어치우고
마침내 당신들을 넘어
거의 모든 것에 관한 아무것도 아닌 이야기든
아무것도 아닌 것에 관한 거의 모든 이야기든
나비도아닌나방도아닌나비를 찾아서
끝 모를 그곳까지
나는 가려 하네

그마해라

지난번에 시집 『식구』를 보냈더니
— 그만 하면 됐으니 식구 타령 그마해라
이런 싸가지 없는 답을 보내온 글마에게
그래도 친구라꼬 서운할까 싶어
이번에 나온 시집 『그런 저녁』도 보낸 기라
— 그만 하면 됐으니 욕 좀 그마해라
하, 글마가 이런 느자구 없는 답을 또 보내온 기라
그래가 나도 답을 보냈지
— 니라고 식구 없이, 욕 없이 살 수 있겠나
세상 사는 기 식구랑 잘 살라꼬 한 바탕 디비지다가 가
는 기다
그래가 향불 뒤에서 욕 봤대이! 그 한 마디 듣고 가는
기다
잘, 살그래이!
잘,에 무엇을 담을지는 니 맘대로 해뿌리라!
글마가 여직 답이 없지만 뻔하지 않겠나
— 마이 묵었다, 그마해라

가끔은 정말로 그만둘까 싶다가도

시가 뭐라꼬
이래 붙들고 있는 건지
참 글타 당신도 글제?

잔혹 동시

돈 안 되는 시는 그만 쓰고 동시를 쓰란다
시 쓴답시고 삼십 년 동안 다섯 권 시집 내서
지금까지 받은 돈이 대략 이백만 원이다
그의 말이 그다지 틀린 건 아니다
하지만 속사정을 들여다보면 얘기가 달라진다
가족들 먹여 살리겠다고, 돈 번답시고
삼십 년 동안 야비하게 악랄하게
수도 없이 남의 등을 쳐 먹었다
그런 내가 동시를 쓴다는 건 어불성설이다
그의 말은 틀렸다

내가 만약 동시를 쓰게 된다면
"애들아, 잘살고 싶으면 남의 등을 먼저 쳐 먹어야 해"
이딴 걸 동시라고 쓰게 되겠지

풍자와 해학이
서글픈 블랙코미디가 되기까지

민왕기
(시인)

*

1904년 벨기에군이 콩고를 침략했을 때, 콩고 원주민의 시체가 산을 이루었을 때, 스물네 살의 피그미족 청년 오타 벵가도 비극을 피할 수는 없었어. 일가족이 학살당하는 생지옥에서 간신히 살아남았지만 결국 붙잡혔고 노예 상인에게 팔렸지. 이후 미국 세인트루이스의 만국박람회와 뉴욕의 자연사박물관에 전시되었다가 뉴욕 브롱크스 동물원으로 팔려와 원숭이 우리에 전시된 것이었어.

1910년 인권운동가들의 항의로 풀려나기는 했지만, 1916년 벵가는 권총 자살로 서른여섯 해라는 짧은 생을 마감했지.

믿을 수 없다고? 거짓말 같다고?

그렇다면 봐,

저기 오타 벵가가 지나가잖아.

오타 벵가가 웃고 있잖아.

안녕, 오타 벵가!

— 「안녕, 오타 벵가」 부분

풍자와 해학도 깊어지면 서글픈 블랙코미디가 된다. "안녕, 오타 벵가!". 이 인사는 이미 세상의 모든 체위를 경험한 후 체념해버린, 웃는 듯 우는 듯한 자의 얼굴을 하고 있다. 이 시 앞에서 사람들은 어떤 표정을 지어 보일 수 있을까. 영화 〈모던 타임즈〉 마지막에서 여주인공이 "살려고 노력해봤자 무슨 소용이죠?(What's the use of trying?)"라고 묻는 장면처럼, 웃음은 도무지 웃음이 되지 않고 울음도 도무지 울음이 되지 않는다. 이 삶을 건드리며 시인 박제영이 서 있다.

세계의 비의와 사회의 부조리는 빠져나갈 수 없는 미궁과도 같아서 할 수 있는 일이란 그저 살아가거나 죽는 일뿐이다. 구도에는 답이 없다는 사실을 알아채버린 사람들은 모두 술집과 저자에서 웃고 울며 놀며 인간을 애도하고 있다. 이 평범함의 희극적 비극성, 비극적 희극성이 당신이나 내가 아는 세상이다.

　박제영 시인은 지난한 삶 속에서 꽤 오랫동안 해학과 풍자를 펼쳐왔던 시인이고 이제 더 깊은 세계의 문 앞에 서서 기묘하고 슬픈 웃음을 전하려고 하는 듯 보인다.

　그는 애초에 졸업해버린 생철학적 이야기도 별로 하지 않는다. 한 존재로서 제 존재의 의미 찾기는 그의 중요한 시집이자 초창기 시집『푸르른 소멸』(2004년)에서 큰 비중을 차지하고 있긴 하나, 한 번 부러뜨리고 나온 세계로 다시 돌아갈 생각은 없어 보인다. 젊은 박제영은 청년다운 비장함과 현학적인 수사로 이렇게 말했었다.

"갑자기 좁아지는 길, 앞의 무리를 따라 핸들을 꺾는다, 돌아나올 수 없는 외길인 것을 알지만, 약시의 눈으로 혼자 가기에는 이 어둠이 너무 깊다"(「푸르른 소멸 27—귀로」 부분)

"태양의 빛이 사라지면 별들의 빛이 몰려들 테니 별들마저 잠긴다면 달의 빛이 있을 테니 언젠가는 저 빛과 바다를 가르며 길이 열리고 고도는 찾아올 테니"(「푸르른 소멸 8—시인 K, 고도를 기다리는」 부분)

"구체적으로 살아있다는 것은 얼마나 설레는 일이냐고 / 구체적으로 죽었다는 것은 또 얼마나 설레는 일이냐고"(「푸르른 소멸 10

─구체적으로 살아있다는 것은」 부분)

"─나는 이제 죽어가고 있는 모양이야 / ─어차피 다 죽어가는 거지요 / ─그러면 살아간다는 것은 처음부터 거짓인가"(「푸르른 소멸 24─죽음에 관한 번다하고 심오한 언설들」 부분)

혼자 가기에는 어둠이 너무 깊고, 기다리는 고도는 아직 오지 않았다. 구체적으로 살거나 죽는 일은 설레는 일이라고 위안도 할 터이다. 한때 젊었던 시인은 이 어지러운 삶의 의문을 뚫어지게 응시하는 힘으로 초창기 시집의 처음부터 끝까지를 힘겹게 밀고 나갔다. 살아가는 것은 처음부터 거짓이냐는 물음 뒤에 오는 "길게 보면 그렇지만, 짧게 보면 매 순간 살아가는 것 그런 것 아니겠어요"라는 대답이 그러나 그에게 충분한 해답이 되었을지는 미지수다.

이 시집 이후 박제영은 철학과 내면의 질문들에서 탈출해 '바깥'으로 향하기 시작한다. 해답을 찾았거나 찾지 못했거나 상관없다는 듯, 삶으로 직진해 '현실'을 꼬집고 비틀고 풍자하는 길로 접어든다. 세 번째 시집인 『뜻밖에』(2008년)의 표제시에서 시인은 이렇게 말한다.

젊은 날엔 시를 쓰기 위해 사전을 뒤져야 했다

몇 번의 실직과 몇 번의 실연이 지나갔다

시는 뜻밖에 뜻, 밖에 있었다

— 「뜻밖에」 전문

나는 이 시를 현학이나 관념에서 벗어나 '경험의 구체성'에 이르는 여정으로 들어가겠다는 시인의 선언처럼 읽는다. 실직과 실연들이 그를 그리로 이끌었는지도 모르고, 천박한 현실의 어쩔 수 없음("박형, 내가 전국 다 가봤는데 이 집 엘크가 최고야 시커먼 불알을 봐 엄청나네 오늘은 저 놈으로 하자구" / (중략) / "박형 뭐해 빨리 마시라구 사내란 말이여 모름지기 좆심으로 사는 거 아니겠어 우린 말이여 좆심 없는 놈한텐 십 원도 안 빌려줘",『뜻밖에』중 「심!」일부)이 세상이라는 바깥에서 시를 찾게 한 것인지도 모른다.

녹록잖은 현실을 마주할 때, 예술이 과연 무엇을 할 수 있느냐는 물음의 자리에 시인은 반드시 서 있어야 하고 길을 택해야 할 운명에 처하게 될 것이다.

물수제비를 뜨다 우는 딸이나 등신고래 같은 가여운 남자들이나 아라비안나이트에서 춤을 추는 나타샤나 흘레붙은 개 두 마리 같은 생활들이 점차 모습을 드러내기 시작하는 것도 이 시집부터이다. 그리고 이후의 시집들에서 더 구체적 삶의 모습들이 풍자와 해학이 넘치는 한바탕 마당놀이처럼 한층 또렷하게 실현된다. 해학과 풍자의 대명사격 시인이 된 데는 이런 과정들이 숨어 있다.

*

주목할 것은 이번 시집 『안녕, 오타 벵가』가 박제영 특유의 풍자와 해학의 연장선에 있으나 한 단계 더 나아간 성취를 엿보인다는 점이다. 가리봉동 반지하방에 사는 가만덕 마귀순 부부의 이야기를 담은 연작들은 걸출한 표제시 「안녕, 오타 벵가」와 함께 풍자와 해학이 깊어질 때 왜 근원 모를 슬픔이 찾아오는가를 보여주는 작품들이다.

분 냄새 잔뜩 묻혀서는 속옷까지 뒤집어 입은 꼬락서니 하고는, 하다하다 이젠 언년하고 붙어먹기까지 한 거냐
(마귀순 씨도 잘 안다 남편이 외도할 위인도 못 된다는 것을)

아니래도 그러네 사우나서 뒤집힌거, 빤스 뒤집어 입은 게 하루 이틀도 아닌데 새삼 트집을 잡고 이 난리여
(가만덕 씨도 잘 안다 아내가 화를 내는 게 실은 자신의 실직 때문이라는 것을)
— 「백년전쟁」 부분

128

만덕이 니는 우리 가씨 집안 장손이니 너만은 공부해야 한데이,
소 팔고 논 판 돈으로 가만덕 씨가 서울의 모 대학교를 들어갔을
때, 고향 당진에서는 개천에서 용 났다며 플래카드도 걸고 그랬다
는데, 중견 기업에 취직해서 부장까지 승진하고, 첫눈에 반한 마귀
순 씨랑 결혼해서 아들딸 낳고, 나름 탄탄대로 승승장구의 길을 걷
기도 했다는데,

가리봉동 산2번지 두 칸짜리 반지하방에 사는 58년 개띠 가만덕
씨는 어쩌다가 이 모양 이 꼴이 된 걸까
— 「가리봉동 58년 개띠 가만덕 씨」 부분

가만덕과 마귀순이라는 가명들은 얼핏 삶의 비애를 슬
쩍 가리며 웃음을 선사하려는 장치처럼 보인다. 그러나
이 풍경들은 이름으로 가리려야 가릴 수 없는 삶의 현실
을 직시하고 있다. 몰락한 서민 계층을 소환해 우스꽝스
러운 일화를 들려주는 방식이지만 삶을 아는 이들에게는
피식, 웃고 지날 수 없는 뼈저린 애잔함이 이면으로 다가
올 뿐이다. 그가 전에도 종종 사용했던 이런 상황극들은
이 시들보다는 상대적으로 호방했다고 할 수 있다. 그간
슬픔을 슬쩍 내치듯 말했던 그가 이번 시집에서는 의도했

129

든 의도하지 않았든 내밀한 슬픔을 시 속에 풀어두는 태도를 취하고 있는 것은 흥미로운 일이다. 생활의 육자배기를 유머러스하게 풀어내며 슬픔의 정조를 부러 눙치던 그가 달라졌다는 기미…. 시 「애월, 독한년」 같은 시는 '슬픈데 그냥 웃자'던 시인이 '슬픈데 그냥 울자'로 마음을 돌린 것 아닌가 하는 생각에까지 미치게 한다. 아래 시에는 어떤 주석도 덧붙일 만한 염치가 없다.

아비 없이 태어난 명자는 열여덟 살 꽃 같은 나이에 스스로 목숨을 끊었습니다 간장을 먹고 절벽을 구르고 약도 먹고 별의별짓을 다했는데 죽지도 않더라 독한년, 독한년, 술에 취한 날이면 어미는 독한년을 입에 달고 살았지만 식구들 모두 빨갱이로 몰려 죽고 혼자 남은 어미가 어찌 살았는지 아니까 어미도 스스로 징한년이 되어 살아남은 것을 너무 잘 아니까 원망은 없다 했습니다

먼 남쪽 바다, 涯月의 석양이 왜 핏빛이 되었는지 알려주었던, 박용래와 이용악과 니코스 카잔차키스를 사랑했던, 애월의 모래밭에서 조르바와 춤을 추길 좋아했던, 마침내 애월에 몸을 던져버린 독한년, 열여덟 살 명자는 이제 가고 없습니다

먼 훗날 어느 가을 호젓한 오솔길을 홀로 걸을 때 혹여 코스모스 피었거든, 그 붉은 잎에 박용래의 코스모스 한 구절 적어 바람에 날

려 보내주면 그것으로 좋겠다던, 독한년 명자, 삼십 년 전 명자가 문
득 붉어지는 가을이 있습니다

　　—「애월, 독한년」 전문

＊

　그는 한마디로 몸으로 삶을 겪어보고야 직성이 풀린다
는 듯 여기저기 삶으로 뛰어들어 시의 애환을 길어 올리
는 저자의 시인이다. 춘천 풍물시장 막걸릿집이 잘 어울
리고, 악의가 없는 거침없는 언어들을 구사하고 시원하게
용서하기도 한다. 저잣거리의 사연들과 저잣거리의 드잡
이들, 저잣거리의 생활들을 그이만큼 시 곳곳에서 누비고
살피며 이해한 시인은 많지 않을 것이다. 초창기 시집에서
이미 생철학을 작파하고 생활을 쓰기 시작한 그의 방향은
시집들 곳곳에 온갖 슬프고 우습고 처량하고 살가운 이
들은 불러다 앉히곤 했다.

옆 테이블의 젊은 연인들도 곰치국을 시켰나 봅니다
　— 정말로 흉하다 진짜 물고기 맞아?
　— 이런 몰골로 어찌 살았을까 그치 자기야?

묵은지 사이로 흐물흐물 풀어진 흰 살덩이를 뜨다 말고

재붕이형이 숟가락을 내려놉니다

— 왜 입맛이 없나?

— 마누라 몸이 그렇게까지 다 풀어진 줄 내 꿈에도 몰랐다

병실에 누워있는 마누라가 목에 걸려서 차마 못 먹겠다고, 나도 덩달아 곰칫국엔 손도 못대고, 둘이서 애먼 깍두기와 막걸리 한 주전자만 동내고 말았습니다

— 시집 『식구』(2004년) 중 「곰치국」전문

전작 시집의 이 아무 수사 없이 쓰인 시는 술상 앞에서 늘상 벌어지는 대화를 소재로 한다. 시인은 이런 독특할 것 없는 일상을 평범한 언어로 직조해 시화시키는 데 탁월한 능력을 보인다. 옆 테이블의 젊은 연인과 고달픈 삶에 막걸리나 붓고 있는 중년 사내들. 이들을 자연스럽게 대비시키면서 독자들에게 어떤 테이블에 합석하고 있느냐고 종종 되묻는다. 삶을 경험한 "오십을 훌쩍 넘긴, 58년 개띠 재붕이형" 같은 무수한 소시민의 선택은 뻔할 테다. 그리고 그게 바로 삶의 힘이자 삶의 힘을 믿는 시인의 단단한 태도이다.

이번 시집에서도 저잣거리의 많은 사연이 삶을 증명한다. "풍물시장에 가면 / 이놈은 녹슨 쇠 같고 저년은 낡은 징 같고 / 이놈은 해진 북 같고 저년은 흰 장구 같고 / 하

여튼 고물 같은 연놈들이 / 초저녁부터 거나해서는 / 쇠 치고 징 치고 얼씨구 절씨구 / 북 치고 장구 치고 지화자 좋을씨구"(「사는 게 지랄 맞을 땐 풍물 시장에 간다」 부분). 신나게 소리를 한다.

그리고 이런 시인의 말들은 풍자가 아닌 직설로 나아가기도 한다. 다소 긴 제목의 「아르바이트생 A양이 최저 임금을 계산해줄 것을 요구하자 편의점주는 이튿날 A양을 비닐봉지 절도 혐의로 신고했고 경찰은 혐의가 없는 것으로 결론을 내렸다」는 시편 등에서 숨겨둔 날을 드러내는 것이다.

해고를 통보받은 아르바이트생이 "아니 아니 무슨 그런 섭한 말씀을 / 내일 또 내일 출근하고 또 출근할게요 / 무참히 구겨지고 또 구겨져서 / 그 더러운 입 / 완전하게 닦아줄게요 / 부들부들한, 온전한 휴지가 되어서 / 그 더러운 똥 / 완벽하게 닦아줄게요"라고 말할 때 그건 '지랄 맞은 삶'에 대한 야유와 맞닿아 있다.

또 다른 시 「할수없이사람에 관한 이야기」에서는 "대한민국 상위 1% 부자라는 / 국민이라고 쓰고 개돼지라 읽는 / 당신들은 사람일까"라고 쓰고 「러키 서울, 오 피스 코리아, 우주피스 공화국」에서는 "무전유죄 유전무죄를 바탕으로 세워진 이 편한 세상 / 이 뻔뻔한 세상에서 / 열 명의 진범을 놓치더라도 한 명의 무고한 피해자를 만들면 안 된다는 / 거짓말, 새빨간 거짓말"이라고 힐난하기도 한다.

시인이 저자에서 쇠 치고 징 치고 북 치고 장구 치며 노는 장에 섞여 있으면서 기이한 현실의 부조리함을 매섭게 지켜보고 있다는 얘기를 조심히 할 수도 있을 것 같다.

*

그의 이번 시집이나 전작 시집 곳곳에 나타나는 분방함을 하나의 줄기로 통합시키는 것은 내 능력 밖이다. 그의 작법이 때에 따라 달라지기도 하고, 같은 시집 안에서도 관심의 대상이 바뀌기도 하며, 풍자와 해학을 버무렸다가 그저 서정시를 노래하는 천상 서정시인으로 변모하기도 하는 때문이다.

그럼에도 근원을 짐작할 수는 있다. 박제영의 그 긴 시의 여정을 관통하는 것은 '패배'와 '해원'이라고 명명할 수 있을 듯하다. 그에게 "모든 시는 실패의 기록"이고 시인은 "무수히 실패했지만, 시의 얼음 바다에 침몰하고 또 침몰하면서, 끝내 실패할 수밖에 없는 그 길을 걷는 이들"(「끝내 실패할 수밖에 없는 그 길을」)이다. 시와 시인들과 또 대개의 삶은 모두 "졸의 세계"에 있다. "평생을 졌다 / 평생을 진 사람들이다 / 식솔들의 짐을 대신 지고 / 식솔들을 대신해서 치러야 했던 / 아비규환의 밥그릇 전쟁 / 끝내는 질 때까지 / 세상의 모든 전쟁터를 누볐다 /

134

지고 또 지고, 기꺼이 지면서 / 마침내 졌다 // (중략) // 질 수밖에 없는 평생 / 지면서 지는 한 세계가 있다 / 졸의 세계가 있다"(「지는 세계」).

그렇다. 그의 또 다른 시 「불평등의 순리—허삼관 매혈기 읽기」에서의 말대로 "칼 마르크스도 지고 체 게바라도 지고 전태일도 졌다". 졌는데 "좆 털이 눈썹보다 나기는 늦게 나도 자라기는 길게 자란다(같은 시 일부)"는 허삼관의 전언은 그래도 후련하지 않은가. 나기는 늦게 나도 어여쁜 초승달 같은 눈썹보다 덤불 같은 좆 털이 더 길고 오래 살아남는 민중을 닮았다는 말씀, 아니고 무엇이겠는가.

그의 말대로라면 "사느냐 죽느냐 그것은 진짜 문제고 / 옥타비오 빠스냐 옥탑 위의 빤스냐 그것은 가짜 문제"(「옥타비오 빠스냐 옥탑 위의 빤스냐 그것이 문제로다」 일부)이다. 삶의 숱한 패배들과 현실을 후려쳐왔던 시인이 느끼는 시의 시시함에 대한 은근한 비판이다. 그리고 거기에 이 실패한 무수한 삶들에 대한 위안과 위무와 해원이 있다.

*

박제영이 이번 시집이나 전작 시집에서 해왔던 인간 군상에 대한 지독한 위무들은 드디어 "장돌뱅이 우리 할매

술만 자시면 들려주던 옛날이야기" 연작에서 해원으로 승화한다. 그리고 그것은 빙의를 한 자의 언어로 한달음에 썼을 것이 분명한 군더더기 없는 절창이자 드문 폭발이다.

거리의 애환들을 응집시켜 품고 있다가 무에 쓰인 자처럼 받아 적는다. 초창기 시집에서 한 젊은 시인이 비장함으로 힘을 주며 쓴 시들과는 결이 다른 자연스러운 맥락의 터짐이다.

앞서 기술했듯 시인은 '사는 게 지랄 맞다'고 여기면서도 기어이 남을 대신해 울어준다는 곡비가 되기를 주저하지 않는데, 장돌뱅이 할매의 전언을 온몸으로 받아 온몸으로 우는 대목에선 전율을 느끼지 않을 수 없다. 그리하여 전문을 인용한다.

그때는 다 동학이었네라
누구라 할 것도 없네라
왕과 양반들 친일 모리배들 빼곤 죄다
남자고 여자고 애고 어른이고
조선 사람이믄 다 동학이었네라
저 무너미 고개 넘어 곰나루 돌아
우금치에서 다 죽었네라
몽둥이 들고 죽창들고

왜놈들 신신총과 맞섰으니

계란으로 바위를 치는 격이었네라

우금치 마루는 시체로 하얗게 덮였고

시엿골 개천은 아흐레 동안 핏물이 콸콸 흘렀네라

준자 봉자 최준봉

녹두장군 뫼셨던 할배도 게서 죽었네라

니는 우금치가 낳은 씨알이네라

우금치를 잊으면 사람이 아니네라

　　—「우금치」 전문

　　　　　　　　　　　　*

　　그를 처음 만난 건 열네 해 전 춘천시청 옆 생선구이 집
에서였을 것이다. 첫인상은 호방한 데다 직설적이었다. 몇
년을 우연찮은 자리에서 만나 죽이 맞아 어울리다보니 이
제는 사람 속의 뭉근한 것도 자주 보인다. 봄내 근방에서
술이나 마시고 지내고 있을 때, 내 시를 북돋운 것도 그였
다. 등단이라는 제도가 나를 바깥으로 내보냈지만, 진짜
나를 이해해준 것은 이 호방하고 직설적이며 뭉근한 사내
였다. 그리하여 덥석 능력 밖의 이 원고를 수락하고 이 요
령부득의 글 앞에 땀을 뻴뻴 흘리며 앉아 있는 것이다.

　　시인 박제영은 이 글에서 간략히 살펴봤듯이 그가 썼던
시들과 닮아 있고 그가 썼던 시들을 배반하지 않는 사람

이다. 문단이라는 곳에도 그다지 어울리지 않아 보인다. 다만 많은 문인들이 그를 품을 수밖에 없는 것은, 그의 시가 말해왔고 그가 저자에서 통음했던 시간을 진실이라고 여기기 때문인지도 모른다.

이번 시집에서 나는 「안녕, 오타 벵가」와 같은 해학과 풍자를 넘어선 서글픈 블랙코미디를 봤고, "장돌뱅이 우리 할매 술만 자시면 들려주던 옛날이야기" 연작에서 무당의 언어를 체험했다. 이 뚜렷한 성취의 양쪽과 그가 그간 일궈왔던 생활의 시들은 자연스레 섞여있다. 해서 그가 앞으로 어떤 방향으로 나아갈지를 예상하긴 힘들다. 30여 년의 시력과 의지들이 말해주듯 자신이 원하는 대로의 글을 써온 사내이기 때문이다.

그러나 나는 아직 시인 박제영에게 남은 미지의 항로가 있다고 여긴다. 시인의 내면에 폭발을 숨겨두고 있다는 것을 감지한 이상 말이다. 그리하여 풍물시장 "취매역"에서 춘천막걸리와 서울막걸리를 섞어 마신다는 "경춘선"을 타고 이 이상한 시인의 얼굴과 웃음을 한참 들여다보고 싶다는 말로 이 글을 마무리할 수밖에는 없을 것 같다.

달아실기획시집 16

안녕, 오타 벵가

1판 1쇄 발행	2021년 9월 30일
1판 2쇄 발행	2022년 10월 14일
지은이	박제영
발행인	윤미소
발행처	(주)달아실출판사
책임편집	박제영
디자인	전형근
법률자문	김용진
주소	강원도 춘천시 춘천로 257, 2층
전화	033-241-7661
팩스	033-241-7662
이메일	dalasilmoongo@naver.com
출판등록	2016년 12월 30일 제494호

ⓒ 박제영, 2021
ISBN 979-11-91668-15-5 03810